우리가 그냥 우리로 남을 수 있기를...

권혜영

2025년 여름

그냥 두세요

권혜영

위즈덤하우스

차례

그냥 두세요　·· 7
작가의 말　·· 76
권혜영 작가 인터뷰　·· 83

윤서가 드라이브를 할 겸 대구에 가자고 했다.

나도 이틀 치 연차를 낸 터여서 어딘가로 바람은 쐬러 가고 싶었지만 대구까지 갈 마음은 들지 않았다. 드라이브라면 근교에 가평도 있고 춘천도 있는데 어째서 대구여야 할까. 무엇보다 대구는 차보다 기차로 가는 편이 훨씬 나았다. 나는 경춘고속도로의 시원하게 뻗은 북한강 드라이브 코스를 떠올리며 대구에 뭐가 있는데, 하고 물었다.

"중앙병역판정검사소가 있어."

"신검을 대구까지 가서 받는 거야?"

"아니 신검은 이미 받았어. 재검이야."

재검을 왜 받는 거냐고 다시 물었다. 윤서는 목젖 제거 수술도 했고 가슴 확대 수술도 했다. 여성호르몬 주사도 정기적으로 맞고 있었다. 성형외과, 산부인과, 정신건강의학과. 안 드나드는 병원이 없었다. 당연히 면제를 받을 줄 알았다. 윤서가 심드렁하게 말했다.

"나도 몰라. 오라니까 가는 거야."

넌 대체 아는 게 뭐야? 그렇게 묻고 싶었지만 내 입만 아프겠지. 대신 병무청에 전화해서 물어봤다. 거길 왜 가야 하죠? 날 선 민원인의 목소리로 캐묻자 병무청 직원은 말했다. 저희들 선에서 판단하기 어렵습니다. 중앙병역판정검사소에 가서 정밀 검사를 한번 받아보시죠. 나는 생각했다. 그러게 음경부터 절단했으면 일사천리였을 텐데……. 윤서는 아직 돈을 모으지 못해서 가장 중요한 수술을 하지 않은 것이다. 내가 다시 물었다. 그럼 교통비는 주나요? 직원이 무미건조하게 답했다. 네 선생님, 교통비 지원해드립니다.

    6시가 되자 알람이 울렸다. 밤새 윤서가 방 밖에서 부스럭거리는 통에 잠을 설쳤다. 새벽 3시에 겨우 선잠이 들었건만. 나는 지긋지긋한 알람 소리를 끄고 몸을 일으켰다. 아직 꼭두새벽인데도 집 앞 골프 연습장에선 많은 사람들이 골프공을 때렸다. 딱딱거리는 소리가 일정한 간격으로 들려왔다. 철골 구조물 사이를 날아다니는 새들도 조용히 재잘거렸다. 건너편 창고형 마트에선 화물 트럭과 지게차 들이 물류

하역을 하느라 바쁘게 경적을 울려댔다.
다들 부지런하군……. 나는 하루하루 나이
들수록 아침에 일어나기 힘든 몸뚱이가
되어가고 있는데 말이다. 승모근과 뱃살을
주물럭거리며 두서없이 혼잣말을 중얼거렸다.
솔직히 이건 드라이브도 아니고, 놀러
가는 것도 아니고, 뭣도 아니지……. 앓는
소리를 내며 꾸역꾸역 침대에서 빠져나왔다.
화장실에 가려고 방을 나서자 윤서는 모든
준비를 끝마친 상태로 의자에 앉아 있었다.

"언제 일어난 거야?"

내가 묻자 윤서는 잠이 오지 않아서
안 잤다고 했다. 대신 화장실과 주방을
청소했고, 가는 동안 먹을 것들을 만들었다고
했다. 양치를 하며 둘러보니 과연 변기와
세면대에서 광택이 흘렀다. 빵에 바른 버터
냄새도 향긋했다. 윤서가 말했다.

"아침으로 먹을 샌드위치 만들었어. 이따 차 안에서 커피랑 같이 먹자고."

햄치즈 샌드위치였으면 좋겠다고 생각했다.

차 뒷유리를 닦고서 앞유리를 마저 닦을 무렵 수아가 도착했다. 수아는 동생의 연인이다. 수아는 잠이 채 가시지 않은 얼굴로 내게 여어, 하고 인사했다. 나도 어이, 왔어? 하고 인사했다. 그러자 수아가 슬그머니 내 곁으로 다가왔다. 보닛 위에 올려놓은 물티슈를 만지작거리더니 말을 걸었다. 생리가 터졌는데 깜빡하고 생리대를 안 챙겼다는 것이다. 어쩌라고? 출발하려면 좀 걸리니까 편의점 가서 사든지. 생각만 그렇게 했다. 화장실 거울 수납 칸에 있으니 꺼내 오라고 비굴하게 대답했다. 저런 식으로 생리대나 담배를 야금야금 가져가는 인간들이 제일 얄밉다. 말로는 빌려달라고 하지만 단 한 번도 제대로 갚는 모습을 본 적이 없다. 내가 반년 넘게 생리 불순이라 용심이 나서 이러는 건 결코 아니다.

    역시 수아는 생리대를 한 개만 빌리는 것이 아니었다. 한 통 단단히 챙겨서 나왔다. 나는 상상력을 총동원해본다. 화장실에서 생리대를 꺼내려는 수아. 그러나 키가 작아 생리대가 있는 칸까지 손이 닿지 않는 수아. 보다못한 윤서가 자신의 훤칠한 키를 이용해 대신 집어준다. 수아는 고맙다고 인사했겠지. 그러고는 생리대를 한 개, 아니 어쩌면 두세 개쯤 꺼내려고 했겠지. 그걸 지켜보다가 윤서는 대뜸 이렇게 말하지 않았을까. 그거 너 다 써도 돼. 어차피 우리 집엔 생리하는 사람도 없어.

괘씸한 자식. 상상일 뿐이었지만 제법 설득력 있는 상상이었기 때문에 나는 수아 대신 윤서를 흘겨봤다. 하지만 그것도 잠시였고, 나는 윤서가 전혀 다른 콘셉트의 사람이 되어서 나타난 걸 알아차리자마자 나만의 생각을 중단했다. 아까 내가 일어나서 본 건 준비가 아니었구나. 단장을 덜 한 거였어……. 나는 잠깐 침묵을 유지한 채 윤서를 지켜보았다. 어렵게 말을 꺼냈다.

"갸루 걸로 캐릭캐릭 체인지?"

"안 어울려? 많이 이상해?"

윤서도 처음 도전하는 스타일이 영 쑥스러운지 내게 물었다. 나는 어깨를 한번 으쓱하고 말았다. 윤서는 스웨이드 재질의 레오파드 구두를 신고 주차해둔 차 쪽으로 맹렬 돌진 걸어왔다. 그러다 그만 발목을 접질렸다. 아프다고 짜증을 내며 트렁크에

짱박혀 있던 슬리퍼로 얼른 갈아 신었다. 수아는 대구에 도착해서 신으면 된다고 윤서에게 위로 아닌 위로를 건넸다.

    윤서는 미간을 구기고 금방이라도 울 것 같은 표정을 지었다. 아직 눈물을 흘리진 않았지만 입으로는 이미 씨근덕거리며 울고 있었다. 중간중간 욕설도 섞어가면서 말이다. 윤서는 평소에 저런 구두를 신지 않았다. 구두는커녕 몸에 착 달라붙거나 노출이 심한 옷들은 전부 기피했다. 그런 옷을 입고 있으면 영혼까지 짓눌리는 기분이 든다고 했다. 일상생활이 불편해지고 숨도 제대로 못 쉰다며 싫어했다.

    윤서는 자신의 육체와 성별에 불쾌감을 느꼈지만 고수해오던 스타일에 대해선 불쾌한 마음이 없었다. 윤서는 그냥 윤서였다. 윤서는 손톱을 바짝 깎는다. 헐렁한 티셔츠와

평퍼짐한 바지를 즐겨 입는다. 컨버스의
척테일러와 아디다스의 가젤을 매 시즌
사들인다. 하지만 오늘만큼은 국가의 평가를
대비해서인지, 평소라면 돈 준다고 해도
안 입을 그런 옷차림을 하고 나타났다.
나는 윤서의 인조 속눈썹과 진하게 덧칠한
아이라인을 보며 말했다.

"그거 검정 구정물 흐르니까 울면 안 돼."

윤서는 선선히 알겠다고 고개를
끄덕였다. 두 뺨을 스스로 툭툭 치며 몸과
마음을 재정비했다. 그리고 조수석에 짐을
실었다. 수아와 함께 뒷좌석에 탔다. 나는
운전기사나 마찬가지였다. 안경을 올리는
척하면서 저들을 향해 가운뎃손가락을
들었다. 내비게이션에 대구 병무청
중앙병역판정검사소를 입력했다. 경로 탐색을
끝낸 기계가 안내를 시작했다.

평일 아침의 도로는 출근하는 차량들로 붐볐다. 셋이 쓰는 샴푸, 보디로션, 향수 그리고 윤서가 챙겨 온 음식 냄새 같은 것들이 차 안에 한데 섞여서 스며들었다. 차가 움직이지 않을 때마다 우리는 샌드위치를 씹었다. 나의 바람과는 달리 에그마요 샌드위치였지만 달고 짜서 먹을 만했다. 커피도 마시며 졸음을 물리쳤다.

창문을 내려 환기를 시켰다. 신호를 기다리며 수다를 떨었다. 다음 달부터 국민연금이 오른다고 알려주니까 모두가 씨발, 하고 소리를 질렀다. 윤서는 마트에서 장을 봤는데 오이가 세 개에 오천 원이었다며 혀를 찼다. 우리 급여만 안 오른다고 다 같이 씨발, 하고 한숨을 쉬었다. 수아도 어젯밤 화나는 일이 있었다며 씨발, 하고 회상했다.

"집 근처에서 드라마 촬영을 했는데,

그쪽으로 지나가지를 못하게 해서 40분 동안 집에 못 들어갔어."

수아는 그 드라마가 망했으면 좋겠다는 저주의 말을 한참 퍼붓다가 이렇게 갈무리 지었다.

"퇴근길이었거든."

나와 윤서는 퇴근길은 못 참지 씨발, 하고 탄식했다. 갑자기 옆 차선에서 테슬라 한 대가 깜빡이를 안 켜고 끼어들었다. 못 참고 또 심한 욕을 했다. 윤서가 우린 너무 욕을 많이 한다고 반성했다.

"외출한 지 30분도 안 됐는데 욕을 몇 번이나 한 거야?"

윤서는 부정 타면 안 된다고 침을 세 번 뱉었다. 퉤퉤퉤. 시늉만 냈다. 부정 안 타고 할 만한 말들이 뭐가 있을까 생각했다. 우리는 말수가 눈에 띄게 줄어들었다.

톨게이트를 빠져나오자 제법 한산해졌다.
자동차에 속도가 붙었다. 이따금씩 룸미러를
봤다. 수아는 고개를 끄덕이며 졸았다.
윤서는 차창에 얼굴을 기댄 채 빠르게 스치는
풍경들을 눈에 담았다. 운전자의 졸음은
도로가 밀릴 때보다 원활할 때 더 많이
찾아온다. 나는 고개를 좌우로 휘저으며
민트 맛 껌을 씹었다. 단물이 빠질 때까지
질겅거렸다. 윤서가 카오디오에 블루투스를
연결했다. 조용했던 차 안에서 멜로디가
흘렀다.

"졸음 퇴치 플레이리스트."

비원에이포. 이게 무슨 일이야
이렇게 좋은 날에. 내 심정을 대변하는
가사였다. 핸들 위에서 손가락을 까닥였다.
비원에이포에서 네크라이토키, 뉴욕
돌스와 도시아이들, 나니와단시 그리고

투 도어 시네마 클럽. 정말 근본 없는 플레이리스트였지만 한 곡 한 곡 넘어갈수록 신기하게도 머리가 개운해졌다. 잠이 달아났다.

열어놓은 창문 사이로 불어오는 바람은 선선했다. 윤서가 담아 온 노래들처럼 날씨도 청량했다. 옆에 북한강만 있으면 딱인데. 허허벌판 논밭만 펼쳐지는 중이었다. KTX를 두고 왜 고생스럽게 자동차로 대구에 가려는 것인지 이해는 가지 않았으나 그래도 뭐. 신나는 노래 들으며 드라이브는 할 수 있다. 그거면 됐다.

❖

윤서가 고등학교를 졸업한 날 우리 가족은 오랜만에 모여 외식을 했다. 나의 몸무게가 100킬로그램에 육박하자 엄마 아빠는 일가친척이 모두 모이는 기념일이나 명절, 가족 행사에 나를 부르지 않았다. 그래서 별로 마주칠 일이 없었다. 이 시기에는 내가 20킬로그램을 감량했기 때문에 잠깐 얼굴을 볼 수 있었던 것 같다. 지금은 요요 때문에 116킬로그램이 돼버려서 다시금 찬밥 신세다.

    그날 우리 가족은 곤드레나물 솥밥을 먹었다. 나와 윤서에겐 메뉴 선택권이 없었다. 물론 나도 나물 좋아한다. 내가 먹고 싶은 때에 내가 원하는 방식으로 먹으면 맛있다. 엄마는 가방에서 선물 보따리를 꺼냈다. 이건 윤서 대학교 입학 선물. 이건 윤지 거. 그냥 선물. 지금 풀어봐도 돼. 엄마는 우리가 기뻐하길 바라며 벅찬 표정을 짓고 있었다. 뭘 가지고 싶은지 의견이라도 물어봐주면 죽는 병에 걸린 걸까? 나는 기대감 없이 재생 포장지를 벗겼다. 어성초로 만든 비누 세트였다. 참숯, 어성초, 알로에, 녹차……. 내가 엄마와 같이 살던 시절에 쓰던 천연 비누들의 목록이다. 엄마는 저런 재료들로 비누를 만들었다. 직업은 아니었고 그냥 취미 생활이었다. 나는 살면서 엄마의 강압적 수제 물품, 반강제 천연 재료에 대한 노이로제 강박증이 생겨서 독립한 이후부터는 옷과 액세서리, 화장품 같은 건 무조건 공산품만 고집했다.

한번은 이런 일도 있었다. 우리 집은 수요일 밤마다 함께 모여 역사 다큐멘터리 프로그램을 시청했다. 그것 또한 엄마 아빠가 멋대로 정한 집안의 규칙이었다. 나는 흥미롭지도, 궁금하지도, 보고 싶지도 않은 방송을 억지로 봐야 했다. 프로그램에서 주장했던 엉터리 야사가 세뇌되어서 한국사 중간고사에서 고구려 광개토대왕에 대한 문제 하나를 틀린 적도 있었다. 그것만 맞았으면 100점이었는데 말이다.

    그날도 거실에서 엉터리 다큐멘터리의 본방송을 기다렸다. 세상에서 가장 지루한 얼굴로 광고가 흘러가는 것을 바라봤다. 자동차 광고가 끝나고 보험 광고가 끝나고 피자 광고가 나왔다. 지금은 이름조차 가물거리지만 그 시절엔 분명 인기가 하늘을 찔렀던 어떤 남녀 배우가 치즈를 길게 늘어뜨리며 한입 가득 베어 무는 장면을 우리는 부러운 표정으로 지켜봤다. 어린 윤서는 그걸 보고 피자를 사달라고 졸랐다. 엄마는 말했다. 너는 지금 자본주의 상품 이미지에 현혹된 것이다. 실제 피자 치즈는 저 정도로 늘어나지 않는다.

아빠는 우리가 한 말을 기억해두고 다음 날 통밀 토르티야를 사 왔다. 그리고 바질 소스가 소량 들어간 시금치 피자를 만들었다. 피자 비슷한 맛만 났을 뿐 원했던 프랜차이즈 피자의 맛은 아니었다. 나는 이 일을 두고두고 기억했다가 엄마 아빠가 두릅 따러 뒷산으로 마실 나간 틈에 그 피자를 시켰다. 베이컨과 감자와 새우가 잔뜩 토핑된 그 피자. 윤서와 나는 피자 조각을 허겁지겁 해치웠다. 토마토소스에 푹 절여진 도우와 다른 어떤 곡물도 함유되지 않은 100퍼센트의 밀가루가 체내에 흡수되는 걸 감각했다. 우리는 만끽했다. 피자는 자유의 맛이다.

"와 비누 냄새 좋다. 잘 쓸게요."

영혼 없는 반응을 했다. 아무 냄새도 안 난다. 이런 거 좋아하는 애들한테 무료

나눔이나 해야지. 윤서가 받은 선물은 비즈 공예 팔찌였다. 무지개 색깔로 구슬을 꿰었고 가운데에는 윤서의 이름 이니셜 YS가 투명 구슬에 각인되어 있었다. 내가 대학 입학할 때에는 체중 감량에 효과적이라는 효소 가루를 건네줬다. 선물을 주면서 내게 개똥 같은 말도 했다. 타자의 응시가 너를 규정한단다. 사람들이 너의 몸을 응시하는 시선으로부터 자유로워지렴.

  타자의 응시가 나를 결정한다는 말을 저딴 용례로 쓰는 게 맞나? 나는 그날 저녁 집에 돌아와 효소 가루를 탈탈 털어 변기에 흘려보냈다. 엄마 아빠의 응시에서 자유로워지자 나는 오히려 더 먹었다. 김치볶음밥을 만들 때 햇반을 다섯 개 넣었다. 계란프라이는 세 개 정도 올려 먹어야 만족이 되었다. 내가 먹고 싶은 시간에 먹고 싶은

양대로 무지막지 먹었다. 새벽 3시에도 허기가 지면 라면을 두 봉지 끓였다.

    엄마는 주기적으로 영상통화를 걸어 내 몸을 검사했다. 보고 싶어서 안부 전화를 건 거라고 말할 때마다 나도 그렇게 믿고 싶었다. 요즘 어떻게 지내느냐 묻는 말에 졸리고 피곤해서 죽겠다고 응석을 부렸다. 알바와 학업을 병행해서 늘 수면 부족이었고, 시험 기간에는 며칠 밤을 뜬눈으로 지내기 일쑤였다. 구구절절 응석 부릴 뒷말을 생각하며 요즘 피곤하다는 말로 운을 떼자 엄마는 말했다. 그건 다 네 살 때문이다. 내가 뚱뚱하기 때문에 쉽게 체력이 고갈되고 피곤해지는 거라고 했다. 엄마는 내 모든 문제의 원인을 살로 돌렸다. 나는 대화의 전의를 잃었다. 대충 알겠다고 말했다. 그 후 물어오는 말에도 듣는 둥 마는 둥 건성으로 대꾸했다. 전화를 끊을 때에도 마지막 인사는 하여튼 살 빼라, 였다. 엄마와 연락을 주고받는 날에는 유난히 속이 허전했다. 피자 한 판을 시켜 전부 먹어치웠다. 새카매진 마음을 총천연색 음식으로 덧입혔다.

윤서가 엄마에게 선물받은 팔찌를 손목에 대보았다. 그것을 손목에 감는 시늉을 했다. 무지개 팔찌를 가지고 한참 씨름하는 척하더니 한숨 쉬며 말했다.

"잘 안 잠기네?"

내가 볼 때에는 차고 싶지 않아서 일부러 저러는 것 같았다. 엄마가 말했다.

"줘봐, 도와줄게."

그러자 윤서는 떨떠름한 표정을 지었다. 손목에 무지개가 감기는 순간 아빠가 말했다.

"이제 윤서도 성인이 됐으니까 너로 살 준비를 하렴."

대학생은 정말 성인인가? 19세는 보호받아 마땅한 미성년자이지만 20세는 대학에 입학하는 3월 2일부터 1인분의 삶을 오롯이 감당할 수 있나? 나는 그런 의문을 품으며 된장 국물을 퍼먹었다. 냉이를 넣은 된장국 맛이 씁쌀했다. 윤서는 구슬을 만지작거리며 물었다.

"무슨 준비요?"

"어떤 준비든 간에."

준비하라길래 홀로서기를 준비하라는 줄 알았다. 나도 비슷한 말을 들으며 독립당했으니까. 그들이 말하는 건 독립 준비를 포함해서 이제까지와는 다른 인생을 살 준비도 하라는 뜻이었다. 그게 곤드레 솥밥을 먹으면서 할 말은 아니지. 하긴 그런 얘기를 하기에 적당한 때란 없다. 다만 이런 생각이 들 뿐이었다. 어차피 다 아는 이야기잖아. 20년을 같이 살았는데 모를 리 없잖아. 본인이 준비될 때까지 좀 기다려주면 안 되는 건가. 그게 어떤 준비든 간에. 엄마가 말했다.

"대신 그에 대한 책임은 전부 윤서 네가 지는 거다. 네 인생이니까."

나는 돌솥 안에서 좀처럼 식지 않는 곤드레밥을 서둘러 먹었다. 시간이 없을 것 같아 되는대로 입안에 욱여넣었다. 배를 채우기 위해 밥만 내처 먹었다. 양념장도 섞지 않았다. 반찬도 곁들여 먹지 않았다. 뜨거워서 입천장이 까질 것 같았다. 입안에서 대충 씹은 다음 넘겨버렸다. 엄마와 눈이 마주쳤다.

"윤지 꼭꼭 씹어 먹어야지. 양념장을 넣고 비비지 않은 건 칭찬할 일이지만 벌써 반 공기는 넘게 먹은 것 같은데?"

내게 그렇게 경고하고 나서 엄마는

사기그릇에 담긴 동동주를 한 번에 넘겨 마셨다. 아빠가 이어서 말했다.

"우리의 지원은 1학년 1학기 대학 등록금까지만이다."

그들은 궁핍하지도 않았다. 두 사람은 할머니 할아버지에게 사업 자금도 지원받고, 결혼 자금도 지원받고, 신혼집도 지원받고……. 하다 하다 내 분유 값까지 지원받은 걸로 알고 있다. 할머니 할아버지가 돌아가신 뒤에는 적지 않은 유산도 상속받았다.

나는 대학에 다니는 동안 그들로부터 지원을 받지 못해 삶이 힘들었다. 국가 장학금을 신청하려고 했으나 그들의 소득 분위가 10구간이라 심사에서 탈락됐다. 성적 장학금은 꿈도 못 꿨다. 그런 건 학업에 전념하는 애들이 받는 거였다. 나는 알바를 두

탕 뛰느라 수업 시간에는 졸았다. 녹음기를 켜놓고 강의실에서 노상 잠만 잤다. 친구들이 놀자고 해도 함께 놀 돈이 없어서 과제 하느라 바쁜 척을 했다. 학비와 월세, 전기 요금과 통신 요금, 수도세와 가스 요금을 내면 한 달의 마지막 주에는 어김없이 쪼들렸다. 그래서 밥, 김치, 계란, 김으로 로테이션을 돌리며 끼니를 해결했다.

나도 토익 학원에 다니고 싶었다. 980점이 나올 때까지 포기를 모르는 인간처럼 무한 응시하고 싶었다. 방학에는 배낭여행을 떠나고 싶었다. 4년의 대학 생활 중 한 번쯤은 다른 나라의 학교로 교환학생을 신청해보고 싶었다. 하지만 그럴 돈이 없었다.

지금 생각해도 아찔한데 어떻게 그러고 살았을까. 그 짓을 이제 윤서가 똑같이 반복할 차례다.

❖

"당분간 신세 좀 져도 될까?"

윤서는 그렇게 부탁하며 내 집으로 찾아왔다. 나는 거절하고 싶지 않았다. 내 동생이니까 도와주고 싶었다. 큰돈을 선뜻 빌려줄 형편은 못 됐지만 방 한 칸 내어주고, 콩 한 쪽 나눠 먹을 정도는 됐으니까.

윤서는 학교를 한 학기만 다니다 휴학한 뒤 밤낮으로 돈을 벌었다. 그 돈으로 몸을 조금씩 바꿨다. 목젖을 제거했을 때는 한동안 말을 하지 못해 우리는 메신저나 필담으로 대화를 나눴다. 어느 날 윤서는 우울함이 가득 담긴 힘없는 글씨체로 이렇게 갈겨썼다.

목구멍이 너무 아파서 여자고 남자고 다 필요 없이 그냥 죽고 싶어.

윤서가 목구멍에서 핏덩이를 쏟아내며

고통에 잠겨 있을 때 엄마 아빠는 카카오톡 상태 메시지에 '자식 농사 해방 기념 여행 중입니다~^^'라고 적어놓았다. 페이스북에는 고비사막에서 찍은 사진들을 올렸다. 사진 밑에는 자연을 벗 삼는 삶이 어쩌고, 디지털에 저당 잡힌 인간관계에서의 해방이 저쩌고. 그러면서 SNS는 잘만 했다. 소름이 돋아서 눈을 질끈 감았다.

    고비사막 여행 5일 차엔 나와 영상통화도 했다. 아무리 사막이어도 와이파이 데이터는 잘 터지나 보다. 꼭두새벽에 전화해 오로라를 보여줬다. 경이롭고 아름답지 않니? 내게 물었다. 나는 졸렸다. 내일 출근해야 하는데. 욕이 절로 나왔지만 꾹 참고 안경을 썼다. 오로라를 보려고 노력했다. 깜깜했고 카메라 화질도 별로라 오로라가 경이로운지 어떤지는 실감이 나지 않았다. 난 단지 빨리 끊고 싶어서 건성으로 대답했다. 응 대단하다. 그리고 생각했다. 저런 여행을 하려면 얼마 정도 들까. 윤서 목젖 수술비 정도 들려나. 내 유일한 해외여행은 학부생 때 다녀온 일본 기타큐슈 답사가 전부였다. 엄마는 오로라만 내내 보여주다가 마지막 즈음에 윤서의 안부를 물었다.

"윤서는 전화가 통 안 되더라."

왜겠어요. 나는 잘 지내고 있다고 거짓말을 할 수도 있었지만 그러지 않았다. 일을 하고 있거나 아프고 있거나 둘 중 하나라고 전했다. 그나마 전화를 한 날이면 동생 맛있는 것 사주라며 10만 원, 20만 원씩 송금하곤 했다. 전화하는 간격이 짧게는 2개월, 길게는 4개월이라는 것이 문제였지만.

나는 그 돈으로 동생과 맛있는 것을 사 먹지 않았다. 횡령했다. 윤서는 생활비를 안

내고 살았다. 그러니 이 돈은 내가 꿀꺽해도 되겠지. 그들도 맛있는 음식이라는 명분을 내세웠지만 그런 속뜻을 품은 돈일 것이다.

    윤서는 평일 낮과 밤이면 해방촌의 미국식 중국요리점에서 서빙을 했다. 새벽에는 내가 소개시켜준 번역 알바를 했다. 가구 조립 설명서, 제약 회사 브로슈어에 쓰인 영어 문장들을 한국어로 옮겼다. 그렇게 벌어 모은 돈으로 골격을 깎았다. 붕대로 얼굴을 보름 정도 감싸고 살았다. 입원해 있는 동안 새벽마다 간호사에게 무통 주사를 놔달라며 난리를 피웠다. 퇴원하고 나서는 언제 그랬냐는 듯 또 일을 했다. 여름에는 카페에서 하루 종일 버블티를 제조했다. 새벽에는 쿠팡 로켓 배송을 했다. 가슴이 80A컵이 되었다. 이 모든 것이 일이 년 사이에 벌어졌다. 맛있는 것 먹으라며 그들이 보내주는 돈은 내 계좌에

차곡차곡 쌓여갔다.

❖

　두 시간 정도 운전을 하니 허기가 졌다. 때마침 점심시간이기도 해서 배를 채우려고 휴게소에 들렀다. 내가 화장실에 다녀온 사이 윤서와 수아는 야외 간이 테이블에 자리를 잡고 앉았다. 윤서가 김밥의 포장을 뜯었다. 수아는 진동 벨을 손에 쥐고 있었다. 내가 물었다.
　"김밥이랑 또 뭐 시켰어?"
　"냉모밀이랑 뚝불."
　나는 앞에 놓여 있던 김밥 한 알을 물고 허겁지겁 씹었다. 고소한 밥과 짜고 달착지근한 내용물들이 한데 어우러졌다. 냉모밀과 뚝불까지 먹기엔 양이 많다고 생각했다. 이 커플이 김밥 먹는 행태를 목격하기 전까지는.

"무슨 짓이야 지금?"

윤서는 김밥 속 재료를 나무젓가락 끝으로 일일이 뺐다. 그러고는 오로지 김과 밥만을 먹었다.

"난 이렇게 먹는 게 더 맛있어."

수아는 버림받은 햄, 오이, 달걀지단, 단무지, 게맛살, 당근 같은 것들을 주워 먹었다. 나는 하마터면 밥맛을 잃고 젓가락을 놓을 뻔했다. 자제력을 붙들고 윤서에게 말했다.

"차라리 주먹밥이나 유부초밥을 사지 그랬어."

"난 재료의 잔향이 은은하게 스며든 이 김과 밥이 좋은걸. 별미야 이게."

나는 얼빠진 표정으로 수아를 봤다. 눈이

마주치자 수아는 이렇게 말했다.

"나는 최근에 쌀밥을 아예 끊었어."

이것은 데자뷰인가? 어쩐지 이 상황이 친숙했다. 나는 옛날에도 두 사람 때문에 몇 번인가 이런 비슷한 기분을 겪었던 것 같다. 처음 마주친 드물고 낯선 광경에 당황스럽다가도 가만 되짚어 생각해보면 틀린 말 하는 것도 아니고, 나름 합리적인 방식이어서 결국엔 할 말을 잃게 만드는…….

❖

둘은 윤서가 고환 적출 자금을 모으던 중에 연애를 시작했다. 윤서는 내게 소개하고 싶은 사람이 생겼다고 덤덤하게 고백했다. 메시지 알림이 잦아지고 핸드폰을 확인하며 웃는 때가 늘어나서 짐작은 하고 있었다. 일도 하면서 몸도 변경하고 사랑까지 하다니……. 부지런했다. 나는 비결을 알고 싶었다. 너는 지금 육체의 과도기 상태인데 어디서 어떻게 만났니. 그러자 머리를 긁적거리며 대수롭지 않다는 듯이 얘기했다.

"원래 옛날부터 쭉 알고 지내던 앤데."

그 말을 듣고 얼마 지나지 않아 나는 우연히 수아를 만나게 됐다. 일을 늦게 마치고 집으로 돌아가는 길이었다. 습도 높은 여름의 푹푹 찌는 열대야였다. 지하철 출구의 에스컬레이터도 고장 나는 바람에 계단을 직접 올라가야 했다. 등과 겨드랑이 그리고 브래지어 라인을 따라서 셔츠에 짙은 땀 얼룩이 번졌다. 들고 있던 종이 가방도 축축해졌다. 나는 역에서 나와 공원을 가로질렀다. 그래야 집에 더 빨리 도착할 수 있었다. 걸으면 걸을수록 스마트

워치에 표시된 심박수가 올라갔다. 고지가 멀지 않았다. 여기서 죽지 말고 얼른 집까지 가는 거야. 나는 그런 위기의식을 느끼며 무겁게 발걸음을 옮겼지만……. 이렇게 더운 날에도 공원은 운동하는 사람과 산책하는 사람들로 바글거렸다. 기운이 넘치는 대단한 사람들이네……. 나한테도 나누어줬으면……. 문득 배드민턴 코트 쪽에서 날아온 셔틀콕이 내 발등 위에 툭 떨어졌다. 나는 셔틀콕을 줍기 위해 허리를 수그릴 힘조차 없어서 그것을 멍하니 쳐다봤다. 코트장에서 언니! 하는 우렁찬 소리가 들려왔다. 윤서였다. 그리고 윤서의 어깨 너머에서 낯선 여자가 나를 향해 인사했다. 윤서가 말했다.

"내가 그때 말한 친구야."

윤서와 수아는 배드민턴을 쳐서 땀을 잔뜩 흘렸다. 나는 원래 사시사철 땀을

흘렸다. 죽을 것 같아서 집에 들어가
에어컨이나 켜고 싶었건만. 이들이 나를
붙들고 같이 안양천을 산책하자고 했다.
윤서는 나를 운동시키기 위해 산책하자는
명목으로 종종 안양천에 데리고 가곤 했다.
하지만 나는 갑상선기능저하증을 앓고 있어서
안양천 산책 정도로는 살이 빠질 턱이 없었다.
무릎 관절만 조져질 뿐이었다.

    수아와 내가 통성명을 하면서 5분 정도
걸었을까? 슬슬 체력의 한계에 다다르기
시작했다. 다른 계절엔 땀자국을 겉옷으로
가릴 수가 있어 괜찮았지만 여름은 옷이
얇아서 곤란했다. 이젠 팬티까지 흠뻑 다
젖은 것 같은데, 이쯤 되면 재난이었다.
바짓가랑이도 같이 젖었을까 봐 불안해서
걸음걸이가 어색해졌다. 윤서는 내가
힘들어서 그러는 줄 아는지 등을 떠밀며 좀 더

힘을 내보는 거야! 하고 응원했다. 이럴 때면 엄마 아들, 아니 엄마 딸이 맞는 것 같았다. 이마빡을 한 대 세게 치고 싶었는데 보는 눈이 많아서 참았다. 그때 수아는 첫 만남이라 내 눈치를 좀 봤던 건지 벤치에 앉아 땀을 식히고 가는 게 좋겠다고 했다.

수아가 자판기에 가서 음료를 뽑아 오는 사이 나는 가방에서 냉각 시트를 꺼내 얼굴을 문댔다. 이제야 간신히 불가마에서 빠져나온 기분이 들었다. 살 것 같았다. 헐떡이는 숨을 고르고 윤서에게 말했다.

"그…… 여성분이셨네?"

"응, 내가 말을 안 했나?"

"왜…… 여성분이야?"

"내가 만나는 사람이 왜 여성분이면 안 되는데?"

나는 윤서가 자기는 여자인 것이 더

자연스러운 것 같다고 말했을 때도 아무렇지 않았다. 몸을 바꾸는 과정을 지켜보았을 때도 아파하는 게 안쓰러웠을 뿐 그 외의 감정은 들지 않았다. 복잡할 건 별로 없었다.

윤서는 들고 있던 라켓 위에 셔틀콕을 올려두고 의미 없이 공중으로 띄우길 반복했다. 나는 물었다.

"너 혹시 엄마 아빠한테 등 떠밀려서 이런 삶을 선택한 건 아니지?"

윤서는 손장난을 멈추고 라켓을 벤치 위에 올려두었다. 손목 아대를 벗고는 양손을 가볍게 주물렀다. 윤서의 손에 땀이 고였다. 나는 냉각 시트를 한 장 뽑아주었다. 윤서가 말했다.

"내가 남자인 게 끔찍하고 징그러운 건 확실해……. 거울로 확인할 때마다 괴롭고 죽고 싶어."

윤서가 냉각 시트를 이마에 대고 마저 말했다.

"근데 이제는 솔직히 모르겠어. 이런 식으로 돈 벌고 병원 다니고 돈 벌고 수술하는 것도 괴롭고 죽고 싶어. 나도 나를 어떻게 하고 싶은 건지 잘 모르겠어."

수아가 양손에 이온 음료 두 병을 들고 나타났다. 한 병은 내게 건네고 나머지 한 병은 두 사람이 나눠 마셨다. 나는 갈증이 나서 한 번에 들이마셨다. 수아가 윤서에게 쾌활하게 말을 건넸다. 유튜브의 강아지 채널 재롱잔치라고 알아? 나 방금 오면서 재롱이랑 똑같이 생긴 강아지를 봤어. 그러나 윤서의 기분은 아까와는 달리 가라앉아 있었다. 반응이 영 시원치 않자 어색해진 공기를 감지한 수아가 내게 물었다.

"저기 혹시 언니분 제가 남자가 아니라서

당황하셨나요?"

정곡을 찔렸지만 나는 아니라고 잡아뗐다. 수아는 자기 할 말을 마저 했다.

"언니, 지금은 당황스럽겠지만 차차 알게 될 거예요. 저희는 아귀가 딱 들어맞는 열쇠와 자물쇠 같은 커플이랍니다."

무슨 말인지 모르겠다. 윤서가 뭘 하고 싶은 건지도 모르겠다. 여자가 되어서 동성애를 하고 싶은 건가? 남자의 몸뚱이만 끔찍한 상태에서 그것과는 별개로 여자를 욕망하는 건가? 여자에 미친 새끼인가? 남자를 혐오하는 건가? 근데 윤서가 뭘 하고 싶은 건지 굳이 내가 정확히 알아야 할 필요가 있을까? 내 몸 하나 감당하는 것만으로도 충분히 괴롭고 힘든데. 윤서는 윤서대로 그냥 두면 알아서 살지 않을까?

사람들은 더위를 뚫고 뚝방 길을 달렸다.

나무숲 사이로는 매미들이 혼신의 힘을 다해 울었다. 가로등 아래에는 러브버그들이 바글거렸다. 천변 쪽에서 백로 한 마리가 조금의 미동도 않고 서 있었다. 이 밤에 먹이를 주시하고 있는 걸까? 저들은 무엇을 위해 저렇게 열심일까? 저런 원동력은 도대체 어디서 샘솟는 거지? 저들의 시간과 나의 시간은 다른 감각으로 흐르고 있는 게 분명하다. 게다가 가만히 앉아 있는 나보다 땀도 적게 흘리고 있다. 내가 앉은 벤치 주위만 유난히 땀이 흥건하다. 나는 다음에 앉을 사람을 위해 손에 쥐고 있던 냉각 시트로 땀 묻은 의자를 닦았다. 건너편에 있던 가로등이 잠시 깜박거렸다.

❖

　휴게소에 죽치고 있은 지 벌써 30분째다.
이미 나는 한참 전에 다 먹었는데…….
둘은 냉모밀과 뚝불까지 시켜놓고 먹는 둥
마는 둥 했다. 긴장감이 흘러넘쳐서 입으로
넘어가는지 코로 넘어가는지 모르겠다는
것이었다. 그래도 대구까지 가려면 배가 고플
텐데 든든히 먹어두는 게 낫지 않겠느냐고
했다. 윤서는 사양했다. 지금 먹으면 분명히
얹혀. 수아는 잠이 덜 깨서 입맛이 없다고
했다. 이따금씩 요거트만 떠먹었다. 그들의
김밥과 냉모밀과 뚝불까지 결국 내가 다
먹었다.
　밥을 먹고 나선 알감자와 맥반석 오징어,
호두과자와 핫바 같은 군것질거리도 양껏
샀다. 휴게소만 들르면 어쩐지 이런 것들이

먹고 싶어진다. "이따가 또 출출해질지도 모르니까." 윤서도 동의하며 지갑을 열었다. 두 손 가득 음식물 봉투를 들고 차로 돌아오는 길이었다. 적으면 3학년 많아봤자 5학년 정도로 보이는 애들이 뒤에서 떠들썩했다.

"와 그렇게 처먹고 또 처먹는 것 좀 봐."

"알감자 와아압, 야무지게 먹어야지 쿰척쿰척."

내가 운전석으로 들어가는 순간 아이들은 더 촐싹대며 떠들었다. 오 저길 들어가네. 봤어? 봤어? 방금 바퀴가 조금 내려앉은 것 같아. 나는 애들이라서 봐줬다. 내일모레 서른이 되는데 애들이랑 싸울 순 없는 노릇이니까. 대한민국의 미래를 걱정하며 시동을 켰다. 자동차는 선팅이 되어 있었다. 밖에서는 우리의 모습이 안 보일 터였다. 어리석은 아이들이 이제는 대놓고 이쪽을

봤다. 윤서는 못 참는 것 같았다. 뒷좌석의 창문을 내리더니 아이들을 불렀다.

"너희들 핫바 하나 먹을래?"

아이들은 저희요? 하더니 시치미 떼는 사람 특유의 순진무구한 표정을 지었다. 윤서가 한 손으론 핫바를 들이밀었고, 다른 한 손으로는 이리 좀 와보라고 손짓했다. 아이들은 뒷걸음을 치며 달아났다. 그러자 윤서가 차 문을 열려고 했다. 나는 브레이크에서 발을 떼고 아이들이 도망친 반대 방향으로 차를 출발시켰다. 계기판에 문이 열렸다는 경고등이 켜졌다. 그럼에도 액셀을 살짝 밟고 속도를 높였다. 수아는 들고 있던 알감자를 그들을 향해 던졌다. 니들도 야무지게 처먹어라! 그렇게 외치며 감자를 아이의 날갯죽지에 명중시켰다. 수아가 뒤에서 투덜댔다. 아니 도망은 왜 가? 주어가 없어서 내게 하는 말인지 애들에게 하는 말인지 모호했다. 나는 수아의 말을 못 들은 척했다.

 검사소 앞 광장을 세 바퀴쯤 돌고 나서야 주차할 자리를 발견했다. 그마저도 빠져나가는 차가 한 대 있어서 가능했다. 해는 하늘의 가장 높은 곳에서 우리를 비추었다. 오후의 볕이 뜨거웠다. 5월의 대구는 체감상 7월의 서울 같았다. 차에서 내리자마자 벌써 콧잔등에 땀방울이 맺혔고, 등덜미가 축축하게 적셔지는 기분이었다. 팔을 올려 겨드랑이를 확인했다. 100원짜리 동전 크기의 검은 얼룩이 비쳤다. 나는 챙겨 온 야상 점퍼로 상체를 가렸다. 본관 건물 입구에는

'혁신도시 대구 병무청에 어서 오세요'라고 쓰인 현수막이 걸려 있었다. 반질거리는 현수막이 미풍에 나부꼈다.

　1층 로비에서 신분증 검사를 했다. 실내에는 공공기관 건물 특유의 알싸한 화학약품 냄새가 났다. 생각보다 일찍 도착해서 예정 시간까지 기다리라는 안내를 받았다. 우리는 가족 대기실로 들어갔다. 안에는 아들을 기다리는 부모가 세 쌍, 혼자 온 젊은 남자 두어 명이 전부였다. 그런데 왜 주차장은 만차였을까? 그런 의구심을 품으며 나는 맨 뒤편 구석진 곳 의자에 가 앉았다. 윤서와 수아도 따라와 앉았다.

　대기실 안의 사람들은 대화를 거의 나누지 않았다. 벽에 걸려 있는 티브이만 고요히 바라봤다. 지역 뉴스는 시의회 예산이 통과되었다는 내용과 대구 시장이 전통

시장에 방문한 일들을 보도했다. 음량마저 0에 가까웠다. 티브이는 두 대였다. 정규 방송이 나오지 않는 나머지 화면에서는 신검 대상자들의 검사 진행 과정을 알렸다. 거기서 아무개들의 이름이 시시때때로 떴다. 나는 이렇게 생긴 안내 모니터를 병원 장례식장에서나 봤다. 빈소가 몇 호, 장지가 어디, 상주가 누구 같은. 한 인간의 죽음도, 몸 상태에 따른 병역 유무도 결국엔 이런 시스템들이 처리하고 결정하는 것이다.

내 앞에 떠 있는 뒤통수들은 화면 두 개를 번갈아 바라봤다. 윤서가 어색했는지 팽배하는 고요를 깨트리고 푸념 섞인 농담을 던졌다.

"조선 시대였으면 내가 환관이라도 해서 권세를 떨쳤을 텐데."

나는 딱히 무슨 반응을 해야 할지 몰라

가만히 듣기만 했다. 윤서는 혼잣말 같은 농담을 계속 시도했다. 설마 받아줄 때까지 계속할 셈인 건가.

"차라리 조선 시대였으면 좋겠네."

수아가 심드렁하게 맞받아쳤다.

"어차피 조선 시대였어도 넌 지금으로선 환관 불합격 아니냐?"

나는 그 말에 웃음이 조금 새어 나왔다. 웃음을 억지로 참으려다가 코를 먹어서 더 민망한 소리를 냈다. 휴게소에서 만난 아이들이 들었다면, 역시 돼지라 그런지 멱따는 소리 한번 찰지다며 놀렸겠지. 나는 그 생각을 하자 웃음기가 싹 가셨다. 자격지심이 솟구치는 중이었다. 그것도 모르고 자신의 자학 개그로 분위기를 반전시키는 데 성공했다고 생각한 윤서는 내 허벅지 위로 맥반석 오징어를 들이밀며 말했다.

"먹을래?"

오징어를 담은 종이봉투가 버터기름에 눅진하게 젖었다. 나는 머리를 저었다. 아까의 충격이 채 가시지 않았다. 게다가 오징어 냄새를 풍기며 쩝쩝거렸다간 앞에 보이는 여덟 개의 숙연한 뒤통수들이 조만간 눈 코 입 박힌 얼굴로 바뀔 것 같았다. 윤서는 종이봉투를 손에 쥐고 난처한 얼굴을 했다. 수아가 봉투를 가져가 오징어 다리 네 개를 연달아 질겅거렸다. 아, 그러지 말지. 비릿한 버터 냄새가 대기실에 진동했다. 오징어가 짰는지 수아는 물을 벌컥벌컥 마셨다. 그래도 부족했는지 물이 더 필요하다며 자리에서 일어났다. 앞에 앉아 있던 부모 중 한 사람이 고개를 돌려 나를 흘긋거렸다. 이거 봐 젠장. 내가 먹은 거 아닌데.

편의점에 다녀온 수아가 탄산음료와

젤리를 내게 건넸다. 목도 말랐고 단것도
당겼지만 받기만 했을 뿐 먹지 않았다.
이어폰을 꽂고 쪽잠을 시도했다. 장시간
운전으로 피곤했다. 오른쪽 종아리를 왼쪽
허벅지에 올렸다. 잠들기 편한 자세를
찾으려고 다양한 각도로 몸을 비틀었다.
어떻게 해도 편한 자세는 나오지 않았다.
목베개를 가져오지 않은 걸 후회했다.

    곁눈질로 윤서를 관찰했다. 수아와
수다를 떠는가 싶더니 그것도 오래가지
못했다. 핸드폰을 들고 의미 없이 인스타
피드를 내렸다. 이내 지루해졌는지 핸드폰을
주머니에 넣었다. 팔짱을 낀 채 다리를
흔들거렸다. 얼마 못 가 또다시 핸드폰을 꺼내
들고 페이스북을 켰다. 윤서는 화면을 엄지로
내리다가 무언가를 발견하고 작게 웃었다.
자는 척하던 나를 흔들어 깨웠다.

"엄마가 페북에 올린 사진 좀 봐."

나는 윤서가 내민 핸드폰을 받아서 페이스북을 확인했다. 윤서가 웬만한 성형수술을 전부 마치고 본가에 찾아갔을 때 둘이 함께 찍은 사진이었다. 엄마는 내 사진을 올리는 법이 없었다. 그런데 윤서와 찍은 사진은 잘만 올렸다. 엄마는 윤서더러 사촌 언니 결혼식에 같이 가자고 했단다. 물론 윤서가 가고 싶어 하지 않아서 가지 못했지만.

엄마가 업로드한 사진 아래에는 이런 글이 함께 있었다. 우리 딸 너무 예쁘죠?^^ 게시글 밑에는 누군가가 이런 댓글도 달아놓았다. 멋진 부모!! 존경합니다.

윤서는 이걸 나한테 왜 보여주는 거지? 자긴 예쁘고 날씬해서 부모에게 인정받았다고 자랑질하는 건가? 나는 페이스북을 닫고 시간을 확인했다. 그때 수아가 한숨을 크게 내쉬었다. 윤서가 수아에게 물었다.

"왜 그래?"

"너무 지루해."

"인정하는 바야. 진짜 지루하긴 해."

지루한 건 셋 다 마찬가지였다. 다시 이어폰을 꼈다. 귓구멍 안에서 더보이즈의 일본 앨범이 재생 중이었다. 더보이즈는 일본에서 앨범을 냈는데 한국어로 노래를 부른다. 윤서는 주민번호가 3으로 시작해서 여기에 왔다. 나는 주민번호가 2로 시작해서 여기에 안 와도 됐다. 대구 말고 가평에 갔다면 이런 수모는 겪지 않았을 텐데. 사실 가평에 갔다고 해서 오늘과 같은 일이 일어나지 말란 법은 없다.

윤서가 또다시 내 어깨를 툭툭 건드렸다. 나는 이어폰을 빼고 감은 눈을 떴다. 기분이 좋지 않아 목소리가 뾰족했다. 윤서를 흘겨보며 대꾸했다. 뭐야? 왜?

"기분 풀어. 우리랑 아무 상관도 없는 놈들이 어떻게 보든 뭐라고 생각하든 그게 뭐 대수야."

우리랑 아무 상관도 없는 놈들에게 자신이 여자라는 걸 증명하기 위해 대구까지 온 게 누구더라? 그것도 하루를 꼬박 반납하고서 말이다. 나는 윤서에게 그 입 다물라고 말하고 싶었는데 그때 마침 윤서의 이름이 호명됐다. 윤서가 자리에서 일어나더니 내 어깨를 두 번째로 툭툭 쳤다.

"나 금방 다녀올 테니까, 기분 풀어?"

누군가에게 위로랍시고 기분 풀라는 말을 듣는 게 싫다. 기분은 내가 푸는 것이다. 누가 풀라고 해서 풀리는 것이 아니다. 기분 풀라는 말 앞에는 꼭 이런 말이 생략되어 있는 것 같다.

(분위기 좆같게 하지 말고) 기분 풀어.

그래서 강요처럼 느껴진다. 그냥 놔두는 게 최선의 위로다. 모르는 척 넘어가줬으면 좋겠다. 기억 속에 묻고 싶은 일을 자꾸만 들춰내는 게 더 치욕스럽다. 없었던 일로 뭉갰으면 좋겠다. 내가 없었던 일로 뭉개고 싶은 기억은 하나 더 있다.

❖

일주일 전이었다. 그때 나는 회사에서 퇴근하고 24시간 스터디 카페에 갔다. 나는 부업으로 음악 칼럼을 쓰고 있었고, 다음 날까지 원고 하나를 마감해야 했다. 노트북 화면에 머리를 박은 채 비치 보이스부터 알이엠, 엠지엠티와 올웨이즈까지 아우르는 쟁글팝의 계보에 관한 에세이를 써

내려가느라 정신이 없었다.

두 문단을 쓰고 나자 머리가 새하얘졌다. 다음 줄은 또 뭘 써야 하나. 어떤 아티스트를 언급해야 하나. 연필을 굴리며 멍하니 스포티파이의 재생 목록을 바라봤다. 생각이 꽉 막혀서 머리를 식히려고 커피를 리필하러 갔다. 아메리카노를 내리며 밀린 메시지들을 확인했다. 동생으로부터 메시지가 와 있었다.

언제 들어와?

오늘 집에 못 들어갈 것 같은데.

답장을 보내자 핸드폰의 전원이 꺼졌다. 충전기를 가져오지 않은 게 생각났다. 데스크에 문의하면 빌려주겠지만 성가셨다. 핸드폰 켜봤자 딴짓할 확률만 높았다. 작업용 노트북에는 일부러 핸드폰과 동기화도 하지 않았다. 메시지 프로그램도 깔지 않았다. 오직 한글 문서 파일과 인터넷 익스플로러, 그리고 스포티파이만 있을 뿐이었다.

나는 박차를 가해서 원고를 썼다. 커피를 마시고, 포도당 캔디도 까먹으며 일주일 치의 집중력까지 전부 당겨썼다. 일의 능률이 올라 예상보다 일찍 끝났다. 담당자에게 메일을 보내고 시간을 확인했다. 새벽 3시였다. 가방을 챙겨 밖으로 나왔다. 지하철도 버스도 모두 끊긴 시각이었다. 정류장 앞에서 택시를 부르려고 할 때 떠올랐다. 핸드폰이 방전되었다는 것을. 나오기 전에 조금이라도 충전을 해놓을걸. 그때 마침 교차로 끝에서부터 검은색 모범택시 한 대가 깜빡이를 켜고 다가왔다. 운이 좋았다.

집에 오자마자 나는 운이 좋았던 게 아니란 걸 깨달았다. 시간을 되돌리고 싶었다. 모든 운이 나쁜 쪽으로 작용한 것이다. 생각보다 일이 빨리 끝난 것. 핸드폰을 충전하지 않고 택시를 탄 것. 출출했는데 편의점에 들르지 않은 것. 곧 집에 도착한다고 윤서에게 미리 연락하지 않은 것조차도.

나는 아직 문고리를 손에서 떼지 않은 상태였다. 집 안으로 발을 들이지 않고 그 자리에서 바로 문을 닫았다. 엘리베이터를 탈 정신도 없었다. 계단을 이용해서 도망치듯 빠져나왔다. 편의점에 들어가 일단 핸드폰부터 충전했다. 전원을 켰다. 몇 시간 전에 도착해야 했을 메시지가 한꺼번에 쏟아졌다.

그럼 집에 수아 불러도 될까?

내가 읽지 않자 몇 분의 간격을 두고서 다시 메시지를 보내 왔다.

나 수아랑 같이 있을게. 언니 집에 들어오기 한 시간 전에 전화 줘.

그리고 가장 최근에 온 메시지는 다음과

같았다.

　　언니 왜 들어왔다가 다시 나갔어? 어디 간 거야?

　　이마저 답장을 하지 않으면 무시한 것이 된다. 이 사건을 계기로 서먹해질지도 모른다. 소수자의 성생활을 제대로 받아들이지 못하는 언니. 쿨하지 않은 언니. 꽉 막힌 젊은 꼰대 언니가 되는 것이겠지. 그런데 과연 정말 그럴까? 나는 소수자는커녕 다수자의 성생활조차 보고 싶지 않은 것이다. 그 누구의 성생활도 보고 싶지 않다. 특히 가족의 성생활이라면 더더욱.

　　나 편의점에 잠깐. 뭐 살 거 있었는데 까먹었지 뭐야.

　　나는 마구잡이로 물건을 골랐다. 계산을 하면서 어떤 식으로 모른 척 연기해야 자연스러울 수 있을지 궁리했다.

문 앞에 서서 숨을 크게 한 번 골랐다. 아무 일도 일어나지 않은 것처럼 평범하게 문을 열었다. 수아는 이미 떠나고 없었다. 윤서는 테이블 앞에 앉아 내가 오기만을 기다리고 있었다. 신발을 벗었다. 스스로를 세뇌시켰다. 나는 모른다. 나는 못 봤다. 문만 잠깐 열었던 거다. 깜빡한 게 있었다. 그래서 문 닫고 다시 나간 거다. 일 때문에 지친 듯한 목소리를 내며 윤서에게 선수 쳤다.

"나 핸드폰이 방전되어서 톡을 확인 못 했었어. 미안. 수아는?"

"오늘 못 들어온다더니."

"그러게. 생각보다 일찍 끝났네."

윤서는 미심쩍은 눈초리로 나를 봤다. 거짓말을 들키고 싶지 않았다. 생각보다 일찍 끝난 것과 핸드폰이 방전된 건 진짜였으니까. 그 사실에만 집중해보자. 동공이 흔들리지 않으려고 눈에 힘을 줬다.

"뭐야. 수아 오늘 안 왔어?"

제법 자연스러웠다. 편의점 봉투를 흔들며 말을 이었다.

"같이 맥주 마실까 해서 사 왔는데."

"방금 전에 갔어."

"그래? 너도 맥주 마실래?"

윤서는 고개를 저었다. 내일 오후에 알바 면접이 있다고 했다. 아직 할 말이 남은 듯 입을 오물거렸다. 나는 내색하지 않고 컵라면과 샌드위치를 권했다. 먹을거리를 들이밀자 윤서는 잠시 고민하다 얼굴 붓는다며 거절했다. 나더러 조금만 마시고 자라는 잔소리도 잊지 않았다.

맥주 두 캔을 마신 뒤 잠을 청했다. 침대에서 뒤척이다가 도로 일어났다. 전신 거울 앞으로 갔다. 입고 있던 잠옷을 벗었다.

아무것도 걸치지 않은 나의 알몸을 오랫동안 봤다. 윤서가 전에 했던 말이 떠올랐다. 끔찍한 몸. 윤서는 끔찍하다고 느끼는 그 몸으로 수아와 관계를 가졌다. 두 사람 다 자신의 생식기를 사용하지 않는, 역할이 전도된 방식이었지만 어쨌든 하긴 했다. 내가 똑똑히 봤다.

    나는 지금 이 몸으로 누군가와 육체관계를 가지고 싶은가? 솔직히 모르겠다. 그럼 나는 내 몸이 끔찍한가? 그것도 잘 모르겠다.

    살이 이 정도로 차오르지 않았던 시절을 떠올린다. 예전엔 어땠지? 몸이 가볍긴 가벼웠지. 지금은 체중을 견디느라 때때로 무릎과 발목이 아프다. 다리도 자주 저리다. 체중을 감량하고 싶다는 생각을 아예 안 하는 건 아니다. 건강이 악화 일로를 걷는 것 같은데 살기 위해서라도 체중을 감량해야 하지 않을까? 그런 마음이 들 때마다 희한하게도 엄마에게 메시지가 왔다. 엄마는 아무런 첨언도 없이 다음과 같은 기사나 동영상의 링크만 공유했다.

20대에도 당뇨병 온다, 식습관 개선이 가장 중요

고지혈증에 안 좋은 음식

집에서 하는 간단한 홈트

이것 복용하고 30kg 감량

그럼 또 마구 집어 먹게 된다.

거울을 보며 울퉁불퉁한 살들을 천천히 더듬기도 하고, 콱 움켜쥐어보기도 했다. 넘쳐흐르는 살을 윗배까지 모두 움켜잡기엔 역부족이었다. 등을 비틀면 등살이 팽창했다. 옆구리를 비틀면 옆구리살이 팽창했다. 팔뚝을 흔들면 팔뚝살이 출렁거렸다.

아랫배와 사타구니 둔덕 사이에도 살이 넘쳐흐른다. 배와 사타구니 경계선에 양손을 껴봤다. 그러고는 있는 힘껏 배를 내밀어보았다. 양손이 뱃살에 완전히 파묻혔다. 허벅지 셀룰라이트를 꼬집었다. 푸른 혈관이 도드라졌다. 종아리를 주물러봤다. 땅땅한 알이 도사리고 있었다. 턱을 최대한 안쪽으로 끌어당겼다. 목과 턱이 사라지고 주름이 몇 겹이나 더 생겼다. 거울 속 저것은 정말 내가 맞나? 내 몸이었는데 나 같지가 않았다. 이상하고 낯설었다. 나는 내 몸을 어떻게 하고 싶은 걸까?

❖

윤서가 검사를 받기 위해 떠나자 대기실 안은 한층 더 조용해졌다. 동생의 애인과

단둘만 남아버린 이 참을 수 없는 어색함!
나는 다시 이어폰을 끼고 잠을 청해보려
했다. 그런데 수아가 내 팔꿈치를 흔들며
몰아붙였다.

"기분 풀라니까. 진짜 오징어 안 먹을
거야? 이렇게나 많이 사놓고?"

나는 소소하게 폭발했다.

"나 좀 냅둬 제발."

시야가 뿌옇게 변했다. 앞이 잘 보이지
않았다. 먹을 것 때문에 눈물이 차오르고,
먹을 것 때문에 짜증을 내다니. 한심하다
한심해. 하긴 이런 종류의 한심함이라면
역사가 유구했다. 엄마 아빠가 피자를 사주지
않던 그 시절까지 거슬러 올라가야 하니까.
그땐 어리기라도 했지. 나는 불균형한
갑상선호르몬의 영향 탓인지 그만 분노를
조절하지 못하고 울분을 토하며 말했다.

"내 집에서 니들이 그 짓거릴 해도 나는 못 본 척하고 그냥 넘어가줬어. 그런데 너희는 왜 이딴 일 가지고도 자꾸만 기분 풀라고 하면서 사람을 들들 볶아? 내가 지금 그깟 오징어가 목구멍으로 넘어가게 생겼어? 내가 잠시 시큰둥하게 있는 게 너네한텐 그렇게 좆같을 일이야?"

수아가 당황했는지 눈길을 피하며 중얼거렸다.

"어라? 얘기가 왜 이렇게 전개되지?"

나는 눈물을 닦고 대기실의 뒤통수들을 지켜본다. 저 사람들 다 들었겠지. 나나 수아도 다른 가족들처럼 모니터 두 대나 하릴없이 바라봤다. 우측 모니터 상단에 뜬 동생의 이름을 오랫동안 응시했다. '대기 중'에서 '검사 중'으로 글자가 바뀌었다. 수아가 모니터에 시선을 둔 채 말했다.

"알았어. 지금 당장은 화가 안 풀리겠지. 사과하면 더 역효과만 나겠지. 나중에 다른 형태로 천천히 사과할게."

신검을 끝낸 대한민국의 아들들이 하나씩 돌아왔다. 처음으로 문을 열고 들어온 남자는 표정이 영 좋지 않았다. 그는 엄마 옆에 가서 앉았다. 체구가 왜소했다. 자신의 어깨를 한쪽 손으로 주무르면서 머리를 느리게 흔들었다. 아들의 엄마가 행정소송이란 단어를 내뱉었다.

"그래도 난 윤서가 수술해도 윤서랑 사랑할 거고 돈 없어서 수술 못 해도 윤서랑 사랑할 거야."

수아는 그렇게 말하며 립밤을 발랐다.

"그래 많이 해라. 근데 내 집에선 그만 사랑하렴."

두 번째로 문을 열고 들어온 남자는

낯빛이 환했다. 겉모습만 보면 기골이 장대했다. 그가 무슨 병을 앓고 있는지, 속에서 어떤 신체 기관이 썩어 문드러져가고 있는지, 우리는 모른다. 남자의 부모는 안도의 한숨을 내쉬었다. 갈비찜과 오리 주물럭. 점심 메뉴로 뭐가 좋을지를 고민하며 떠나갔다. 수아가 말했다.

"그래도 쏟아내니까 열받았던 것 좀 풀리지 않아?"

"아니, 별로."

수아는 생리대를 갈아야겠다며 화장실로 도망쳤다. 몇 분의 시간이 흘렀다. 그새 또 남의 아들들이 반반의 확률을 가지고 들어왔다. 부모들의 반응도 제각각이었다. 화장실에 다녀온 수아는 내 옆에 앉아 생리대를 두 개 줬다. 수아가 말했다. 한 개는 이자야. 내가 물었다. 혹시 이게 사과야?

수아는 손등에 핸드크림을 펴바르며 내 물음에 답했다. 그건 그냥 부채 상환이고. 싱그러운 히노끼 냄새가 주변에 번졌다.

검사를 마치고 돌아온 윤서의 표정은 여전히 지루해 보였다. 다른 사람들처럼 면제를 받아 기쁜 것 같지 않았다. 면제를 받지 못해서 억울한 것 같지도 않았다. 그런 단조로운 표정이었다. 그리고 그건 우리도 마찬가지였다. 수아가 물었다. 뭐래? 윤서는 대답 대신 서류를 한 장 보여줬다. 6급 면제 판정이었다. 윤서가 말했다.

"나라랑 엮이는 건 언제나 골치 아픈 일이야."

그나마 그 점 한 가지가 해결되어 속이 후련하다고 했다. 수아가 자리에서 일어나며 말했다. 이제 우리 진짜 할 일을 하자. 내가 물었다. 또 무슨 할 일이 남아 있어? 윤서가

말했다. 모처럼 왔는데 소풍도 가고 명물
음식도 먹어야지.

❖

검사소에서 나온 우리는 김광석 거리부터
갔다. 셋 중 누구도 김광석을 좋아하는 사람이
없어서 감흥은 없었다. 고인의 동상과 벽화,
노래 가사가 담벼락에 쓰여 있는 그렇고 그런
거리였다. 그래도 조성해놓은 골목 초입부터
끝까지 성실하게 걸었다. 문득 엄마 아빠가
김광석 노래를 좋아한다는 사실이 생각나
기분이 조금 언짢아졌다.

걷다가 무릎이 아파서 벤치에 잠깐
앉았다. 쉬는 동안 커피를 한 잔 사 마셨다.
아까 먹지 못한 오징어와 알감자도 야금야금
먹기 시작했지만 죄 식어서 입맛만 버렸다.

다음 행선지는 수성못이었다. 가로수길 산책을 했다. 물멍을 때리다가 오리 배를 탔다. 페달질을 힘차게 해서 배만 고파졌다. 저녁으로 미나리 삼겹살에 대선 소주를 먹었다. 술이 모자라서 2차를 갔다. 안주로 막창을 먹었다. 막창 양념에 밥도 볶아 먹었다.

    술에 취한 윤서는 두 팔로 나를 꼭 끌어안았다. 특별히 의미 있는 행동은 아니고 원래 주사였다. 윤서가 말했다. 같이 와줘서 고마워. 미안해. 사랑해. 윤서는 내 허리에 감은 팔을 풀고는 갑자기 얼굴을 붙잡았다. 양 볼에 뽀뽀 세례를 퍼부었다. 같은 행동을 수아에게도 반복했다.

    막창 가게 안에 있는 사람들이 전부 우리만 쳐다본다. 다 큰 성인 여자들이 부둥켜안고 뽀뽀를 한 탓인지, 돼지와

젠더퀴어가 술 마시고 있는 별난 모습 때문에 쳐다보는 건지, 뭐 때문인지 모르겠다. 아니 사실은 안다. 우리가 시끄럽게 굴어서 쳐다보는 거다. 그래도 나는 그냥 둘 것이다. 시끄럽게 구는 사람도, 시끄럽게 군다고 쳐다보는 사람도.

    나는 젓가락을 입에 문 채 핸드폰으로 은행 계좌를 들여다봤다. 그간 엄마가 보내온 돈이 얼마나 모였는지 확인했다. 아까 전까진 계속 N분의 1을 했는데 이 술값은 내가 계산해야겠다. 그래도 내가 언니니까.

작가의 말

미래의 누군가가 내게 2025년에 뭐 했냐고 물어보면 이렇게 답할 것 같다.

《원피스》를 봤습니다. 거기서 쵸파를 만났습니다.

뜬금없는 고백이지만 나는 《원피스》를 올해 처음 보았다. 그동안 꽤 많은 만화를 보아왔다고 자부한다. 《크게 휘두르며》도 봤고, 《사이키 쿠스오의 재난》도 봤고, 《나의 히어로 아카데미아》도 봤는데……. 이상하다.

왜 여태 《원피스》를 보지 않았던 거지? 이건 마치 영미 소설을 좋아하지만 《노인과 바다》를 읽지 않은 것과 비슷한 느낌이었다. 그래서 2025년 새해에는 이런 다짐을 했다. 《원피스》를 정주행하는 거야!

본래 새해 다짐이란 건 새해에만 잠깐 생각하고 마는 다짐인 법. 지금은 벌써 8월인데 극 초반인 '알라바스타 편'까지 겨우 봤다. 이는 원작 17권에서 24권까지 해당하는 내용이다. 현재 이 만화는 한국어판이 111권까지 출간된 상태다. 까마득하다. 내가 사는 동안 이 만화를 완결까지 다 볼 수 있을까? 무리이지 않을까? 이래서 지금껏 볼 마음이 생기지 않았던 걸지도······.

이 소설을 쓰다가 꽉 막힌 정체의 시기가 있었다. 초고를 한 번 털고, 퇴고도 두 번, 세 번, 반복하면서 오래 들여다봤지만 좀처럼 내가 가고자 한 방향으로 흘러가지 않았다. 도대체 뭐가 문제일까? 마감 기한은 훌쩍 지나버리고, 편두통은 오고, 위장은 쓰리고……. 약을 먹기 위해 밥을 차렸다. 나는 밥을 먹으면서 항상 애니메이션을 틀어놓는다. 그때 만난 것이 《원피스》의 쵸파였다.

쵸파의 풀네임은 토니토니 쵸파이며 주인공 루피 일행이 다섯 번째로 영입한 동료이다. 쵸파를 생각하면 눈물이 앞을 가린다. 쵸파는 사슴으로 태어났지만 여느 사슴들과는 달리 코가 푸른색이어서 부모에게 버림을 받는다. 게다가 악마의 열매 중 하나인 '사람사람 열매'를 먹고 인간의 모습으로 변신도 가능하다. 그러자 넌 사슴이 아니라면서 사슴 무리로부터 쫓겨나고 만다.

무리에서 떨어져 나온 쵸파는 이번엔 사람들과 함께 살고자 인간 마을을 찾아간다. 사람들은 쵸파를 두고 두 발로 걷는 사슴, 본 적 없는 괴물이라고 비난하고 그 낯섦을 두려워한다.

쵸파는 사슴도 아니고 사람도 아니다. 어쩌면 사슴이기도 하고 사람이기도 하다. 그런데 사슴이면 어떻고 사람이면 어떠한가. 그게 그렇게 중요한가? 쵸파는 그냥 쵸파다. 무엇보다 쵸파는 귀엽다······.

난 그렇게 생각하지만, 쵸파는 스스로를 괴물(negative)이라고 자책한다. 마음에 벽을 쌓고, 누구보다 사람을 좋아하지만 내색하지 않는다. 친구를 만들고 싶지만 또다시 버림받는 건 싫어서 쌀쌀맞게 행동하며 거리를 둔다.

하지만 루피 일행은 달랐다. 인간의

말을 하는 사슴, 두 발로 걷는 사슴, 덩치가 제멋대로 작아졌다가 커졌다가 하는 쵸파를 처음 보고 건네는 한마디. 뭐야 괴물(positive)이잖아, 완전 멋진데!

　루피는 쵸파에게 동료가 되어달라고 말한다.

　쵸파도 루피에게 마음의 빗장을 열게 된다.

　나는 식사를 마친 지 한참이 지났지만 《원피스》를 끄지 않았다. 두통약과 위장약 복용도 잊은 채 쵸파의 첫 등장 신 에피소드를 늦은 밤까지 쭉쭉 봤다. 쵸파가 루피와 함께 해적선에 오르고, 또 다른 모험의 여정이 예고되리란 걸 확인하고 나서야 안도의 한숨을 쉬었다. 그리고 푹 잤다.

다음 날이 되자 머리가 개운해졌다. 소설을 천천히 다시 썼다. 이야기의 배치는 크게 건드리지 않았지만 인물들의 마음가짐을 다시 썼다. 쵸파의 마음, 루피의 마음을 생각하면서 내가 쓴 소설 속 윤서의 마음과 윤지의 마음을 더듬어보았다.

그런데 어떨까?

여기까지 모두 읽은 당신은 쵸파와 루피, 윤서와 윤지의 마음들이 서로 닮았다고 생각하나요?

만일 그렇게 느꼈다면, 당신은 제 동료가 되어주세요!

2025년 여름

권혜영

권혜영 작가 인터뷰

Q. 《그냥 두세요》는 대구로 가는 하루라는 구체적이고도 제한된 시간 속에서 많은 이야기가 오가는데요, 한 편의 로드무비를 보는 듯 흥미로웠습니다. 이 소설이 처음 떠오른 계기는 무엇이었나요? 실제로 경험한 어떤 장면에서 출발했는지, 아니면 특정 인물의 성격이나 대사에서 이야기가 자라났는지 궁금합니다.

A. 자신의 몸에 대해서 거의 하루 종일 생각하는 사람들에 대해 떠올리다가 이 소설을 구상하게 됐습니다. 나르시시스트, 또는 헬스 트레이너나 운동선수처럼 신체 능력으로 먹고사는 사람들, 몸이 곧 상품인 모델 혹은 연예인……. 여러 인물 군상을 생각해봤지만 제게는 그것과는 좀 다른 방식의 이야기가 필요했던 것 같아요.

몸으로부터 해방되고 싶지만 한편으론 이 몸을 어찌하지 못하는 사람들. 이 부분을 좀 더 극대화하여 표현할 순 없을까? 고민하던 차에 문득 떠오른 것이 윤지와 윤서 자매였습니다. 한 사람은 자신의 몸이 말할 수 없이 불쾌해서 하루 종일 이 점에 대해 생각해야 하고, 또 다른 한 사람은 자신의 몸을 불쾌해하는 타인들 때문에 하루 종일 이 점에 대해 생각해야 합니다. 어찌 보면 몸에 지배받는 삶이 되어버린 거죠. 두 사람은 평소대로 살다가 어느 임계점에 이르러선 이런 생각을 하게 될 것 같습니다.

그런데 이렇게 사는 게 맞는 걸까? 고작 몸일 뿐이잖아.

그리고 느끼셨는지 모르겠지만, 이 소설에서 제가 실제 경험한 장면은 하나도 없습니다. 저는 사건이든 사람이든 실제로 경험한 것을 소설에 잘 녹여내지 않는 편인 것 같습니다. 만에 하나 나오게 되더라도 가공의 가공을 가해서 저 자신조차 속여버립니다. 그럼에도 불구하고 이 소설 안에서 제가 이전에 경험한 것을 굳이 찾고자 한다면 찾을 수 있습니다. 1) 국민연금이 올라서 혼자 욕을 조금 했다. 2) 사시사철 땀을 바가지로 흘린다. 3) 어렸을 때 김밥 속재료를 빼고 김과 밥만 골라 먹던 때가 잠깐 있었다. 이런 사소한 정도입니다.

Q. '그냥 두세요'라는 제목은 간결하면서도 여운이 길게 남습니다. '그냥 둔다'는 태도를 무심함으로 읽을 수도, 깊은 배려로 읽을 수도 있을 텐데요, 작가님이 제목에 담고자 한 의미는 무엇일까요? 처음부터 염두에 둔 제목인지, 소설을 다 쓰신 후 붙인 제목인지도 궁금합니다.

A. 저는 《그냥 두세요》가 '무심한 배려'에 관한 소설이 되었으면 좋겠습니다. 그렇게 읽어주시면 더할 나위 없이 기쁠 것 같습니다. 상대방이 말하고 싶은 마음이 들 때까지 조용히 기다려주는 일. 우는 사람을 보면 온 마음을 다해 위로하기보다는 그저 휴지 한 장 내려놓고 자리를 피해주는 일. 그렇다고 세상만사에 영 관심 없는 사람처럼 행동하지는 않기. 딱 이 정도의 온기를 가진

소설을 쓰고 싶었습니다. 따라서 제목 역시 몇 개의 후보군이 있긴 했지만 《그냥 두세요》가 가장 우선순위에 있던 제목이었습니다.

Q. 소설의 상당 부분이 가족, 특히 부모와의 관계에서 비롯된 상처와 애증을 다루고 있습니다. 가족 이야기는 개인적인 경험과 감정이 섞여 있어 쓰기 쉽지 않을 텐데요, 집필하시면서 가장 힘들었던 지점은 무엇이었나요?

A. 말씀하신 것처럼 가족 이야기는 개인적인 경험과 감정이 섞여 있어서 쓰기가 쉽지 않은 지점이 있는데, 또한 그 반대의 경우도 정확히 적용되는 것 같습니다. 제가 바로 그 반대였습니다. 개인적인 경험과 감정이 섞여 있지 않아서 오히려 더더욱 쓰기가 쉽지 않았다는……. 그래서 그 부분이 가장 힘들었어요. 이를테면 소설 속 윤지와 윤서는 부모에게 지원을 1도 받지 못하는 자매였지만 저는 대학 등록금은 물론 당연히

지원을 받았고, 매달 꼬박꼬박 용돈도 받으며 부족함 없이 잘 살았습니다. 아! 다만 실제로 저희 어머니가 자녀들의 외모 지적을 종종 하는데요……. 그것 때문에 소소하게 상처를 받은 적은 있지만, 소설 속 엄마 정도로 심하진 않았습니다. 좀 결이 다르지요. 소설 속 자매의 부모들은 진보적인 스탠스에서의 어떤 체면을 중시하고 자기들만의 신념이 있는 그런 부류입니다. 이런 사람들이 존재한다는 걸 귀동냥으로 들은 적은 있습니다. 그래서 추체험을 바탕으로 이런 부모 자식 관계를 써 내려갔습니다.

Q. 소설 속 문장들은 욕설과 농담, 일상적인 생활어가 섞여 생생합니다. 작가님이 대사나 문체를 구성할 때 가장 중요하게 생각한 점은 무엇인가요? 실제 인물들의 말투를 관찰하고 반영했는지, 혹은 문학적으로 조율한 결과물인지도 궁금합니다.

A. 저는 대사나 문체를 구성할 때 읽기 편한 게 제일 좋습니다. 그런데 읽기 편하다고 해서 쓸 때도 편하단 건 결코 아닙니다……. 쉬운 문장을 쓰면 쉽게 써지겠지? 그런 가벼운 마음으로 소설을 시작했다간 낭패를 봅니다. 쉬운 문장으로 글 잘 쓰는 게 제일 어려운데 그것이 바로 저의 '추구미'입니다. 하지만 '도달가능미'는 쉬운 문장으로 쓰는 범속한 글 정도인 것 같네요……. 가장 중요한 건 일단 소설을 쓰기 시작하면 나부터

재밌어야만 납득이 간다는 겁니다. 쓰는 내가 재미가 없으면 잘 안 써지게 되더라고요. 이런 식으로 중도 포기한 소설도 꽤 많습니다.

여담인데, 저는 나름대로 소설에 등장하는 인물들의 말투를 성격과 태생과 행동 양식 등등을 구분하여 제각각 다르게 쓴다고 생각했는데요. 얼마 전 제 소설을 읽어준 지인에게 이런 충격적인 말을 듣게 되었습니다.

네 소설에 등장하는 인물들 전부 네 말투 쓴다!

그런데 지금 와 생각해보니 그것이 어쩌면 저만의 고유한 문체일지도 모르겠네요?

Q. 집필 과정에서 특별히 쓸 때 즐거웠던 장면이나, 스스로도 웃음이 났던 대사가 있었다면요? 반대로 작업 중 감정적으로 힘들었던 장면이나 한동안 멈춰 섰던 순간이 있으셨나요?

A. 윤지와 윤서, 그리고 수아가 함께 차를 타고 대구로 향하는 도입부 장면을 쓸 때가 가장 즐거웠습니다. 세 사람이 대구로 가는 여정을 시작한 것처럼, 저도 소설 속 세계로 이제 막 진입한 듯한 설렘이 있었거든요. 그들과 함께 차 안에서 먹고, 떠들고, 뜻대로 되지 않는 세상만사를 향해 욕도 날리다가, 그것마저 지루해지면 같이 노래를 듣고, 창문을 내려 바람을 맞기도 하는…… 그런 생생함을 감각할 수 있었던 것 같아요.

그 반대의 경우, 그러니까 쓰면서 가장

힘들었던 장면은 아무래도 결말에 다다르기 직전이었던 것 같아요. 특히 윤지가 벌거벗은 자신의 몸을 거울을 통해 직면하는 장면이 감정적으로 제일 힘들었습니다. 작가로서 쓰는 과정도 상당히 고통스러웠습니다. 이 장면 자체를 생각해내는 데에도 오랜 시간이 걸렸고요. 간신히 쥐어짜서 생각해낸 뒤에도 이걸 어떻게 풀어써야 할까? 내내 고민하고, 여러 번 고쳐 썼습니다. 부디 이 장면을 통해 윤지의 쓸쓸한 마음이 잘 드러나 보였으면 좋겠습니다…….

Q. 소설을 읽는 독자뿐 아니라 작가님께도 이 이야기를 쓰는 시간이 특별한 여정이었을 것 같은데요, 집필 전과 후를 비교했을 때, 이 소설이 작가님 자신에게 남긴 변화가 있다면 무엇일까요?

A. 몸은 나를 구성하는 일부일 뿐이며, 나의 전부가 될 수는 없다. 작가로서 이러한 명제를 끌어안고 소설 집필을 시작했습니다. 하지만 쓰는 과정에서 앞선 생각이 많이 흔들렸던 것 같아요. 솔직히 몸이 전부인 것 같다……. 당장 나만 해도 그렇다……. 소설을 쓰고 있을 때 게으른 몸이 나를 한동안 지배했습니다. 적당히 쓰고 주말엔 흥청망청 술이나 마시렴. 몸이 그렇게 말하면 나는 술을 마셨습니다. 일 끝나고 돌아오면 졸리니까 소설 쓰지 말고 잠이나 자렴. 몸이 신호를

보내면 나는 누워서 잤습니다. 나조차도 이럴진대 윤지와 윤서는 어떨까. 몸으로부터 자유로워지기가 더더욱 쉽지 않을 것 같았습니다.

　그럼에도 불구하고 저는 몸에게 완전히 굴복하진 않았습니다. 많은 우여곡절이 있었지만 이 소설을 완성한 게 바로 그 증표입니다. 흥청망청 술 마시고, 침대의 지박령으로 거듭났어도 결국 언젠가는 책상 앞에 돌아와 꾸역꾸역 소설을 썼으니까요. 지난하고 괴로운 과정을 거쳐 마침내 소설을 다 쓴 순간, 그렇게 산뜻하고 개운할 수가 없었습니다.

　윤지와 윤서에게도 그 기분을 느끼게 해주고 싶었습니다. 비록 소설 속 세계일지라도 그 짧은 환희의 순간을 잠시라도 만들어주자 싶었습니다. 도처에 머리부터 발끝까지 나를 스캔한 뒤 판단하고 평가 내리는 타인들투성인 세상이지만 그 와중에도 조금이나마 자유로운 순간을 만끽할 수 있길 바라면서요.

 이후에도 삶은 지난하게 반복될 것 같습니다. 저는 아마 다음 소설을 쓸 때에도 대부분의 시간을 몸의 본능에 지배당하겠지요. 불 보듯 뻔합니다. 소설 안 쓰고 술이나 마시고, 그러다 후회하고, 일 끝나면 힘들고 졸리니까 에라 모르겠다, 잠이나 자고……. 윤지와 윤서도 다르지 않을 것입니다. 그래도 우리는 잠깐이나마 자유로워진 순간을 기억하고 있습니다. 몸에게 해방되어본 찰나의 순간을 영원히 기억하면서 이 험난한 세상을 꿋꿋하게 살아나갈 것입니다. 바로 그 힘으로 저는 다시 책상 앞에 돌아와 소설을 쓸 것입니다.

Q. 이후에 쓰시고 싶은 이야기가 있나요? 비슷한 결의 가족 서사를 이어가실 생각인지, 아니면 전혀 다른 장르에 도전하고 싶은지도 궁금합니다. 다음 작품의 힌트를 살짝만 들려주세요.

A. 네, 지금 쓰고 있는 소설은 완전히 다른 장르이고요. 성공으로 끝날지 실패로 끝날지 장담할 순 없지만 어쨌든 도전하는 중입니다. 힌트를 키워드 형태로 살짝 드리자면 요괴, 설화, 그리고 고대 국가입니다.

Q. 지금 작가님께서 가장 간절하게 그냥 두었으면 하고 바라시는 게 있다면 무엇일까요?

A. 작년 연말에 아버지를 갑자기 떠나보냈습니다. 그래서 지금은 그 무엇보다 건강이 가장 간절하고 중요하다는 생각이 듭니다. 나 자신의 건강을 바랍니다. 그리고 남아 있는 가족들의 건강을 바라며 기도하곤 합니다.

한 조각의 문학, 위픽 wefic

구병모 《파쇄》
이희주 《마유미》
윤자영 《할매 떡볶이 레시피》
박소연 《북적대지만 은밀하게》
김기창 《크리스마스이브의 방문객》
이종산 《블루마블》
곽재식 《우주 대전의 끝》
김동식 《백 명 버튼》
배예람 《물 밑에 계시리라》
이소호 《나의 미치광이 이웃》
오한기 《나의 즐거운 육아 일기》
조예은 《만조를 기다리며》
도진기 《애니》
박솔뫼 《극동의 여자 친구들》
정혜윤 《마음 편해지고 싶은 사람들을 위한 워크숍》
황모과 《10초는 영원히》
김희선 《삼척, 불멸》
최정화 《봇로스 리포트》
정해연 《모델》
정이담 《환생꽃》
문지혁 《크리스마스 캐러셀》
김목인 《마르셀 아코디언 클럽》
전건우 《앙심》
최양선 《그림자 나비》
이하진 《확률의 무덤》
은모든 《감미롭고 간절한》
이유리 《잠이 오나요》
심너울 《이런, 우리 엄마가 우주선을 유괴했어요》
최현숙 《창신동 여자》

연여름	《2학기 한정 도서부》
서미애	《나의 여자 친구》
김원영	《우리의 클라이밍》
정지돈	《현대적이라고 말할 수 없는 죽음들》
이서수	《첫사랑이 언니에게 남긴 것》
이경희	《매듭 정리》
송경아	《무지개나래 반려동물 납골당》
현호정	《삼색도》
김 현	《고유한 형태》
이민진	《무칭》
김이환	《더 나은 인간》
안 담	《소녀는 따로 자란다》
조현아	《밥줄광대놀음》
김효인	《새로고침》
전혜진	《고르디우스의 매듭을 자르면》
김청귤	《제습기 다이어트》
최의택	《논터널링》
김유담	《스페이스 M》
전삼혜	《나름에게 가는 길》
최진영	《오로라》
이혁진	《단단하고 녹슬지 않는》
강화길	《영희와 제임스》
이문영	《루카스》
현찬양	《인현왕후의 회빙환을 위하여》
차현지	《다다른 날들》
김성중	《두더지 인간》
김서해	《라비우와 링과》
임선우	《0000》
듀 나	《바리》
한유리	《불멸의 인절미》
한정현	《사랑과 연합 0장》
위수정	《칠면조가 숨어 있어》
천희란	《작가의 말》
정보라	《창문》
이주란	《그때는》
김보영	《헤픈 것이다》
이주혜	《중국 앵무새가 있는 방》

정대건	《부오니시모, 나폴리》
김희재	《화성과 창의의 시도》
단 요	《담장 너머 버베나》
문보영	《어떤 새의 이름을 아는 슬픈 너》
박서련	《몸몸》
금정연	《모두 일요일이야》
박이강	《잠 인터뷰》
김나현	《예감의 우주》
김화진	《개구리가 되고 싶어》
권김현영	《수신인도 발신인도 아닌 씨씨》
배명은	《계화의 여름》
이두온	《돈 안 쓰면 죽는 병》
김지연	《새해 연습》
조우리	《사서 고생》
예소연	《소란한 속삭임》
이장욱	《초인의 세계》
성해나	《우리가 열 번을 나고 죽을 때》
장진영	《김용호》
이연숙	《아빠 소설》
서이제	《바보 같은 춤을 추자》
권희진	《일단 믿는 마음》
정이현	《사는 사람》
함윤이	《소도둑 성장기》
백세희	《바르셀로나의 유서》
이현석	《고백의 시대》
임솔아	《엄마 몰래 피우는 담배》
김유원	《와이카노》
백온유	《연고자들》
김 홍	《곰-사냥-인간》
김유나	《공》
권혜영	《그냥 두세요》

위픽은 위즈덤하우스의 단편소설 시리즈입니다.
'단 한 편의 이야기'를 깊게 호흡하는
특별한 경험을 선사합니다.

이 작은 조각이 당신의 세계를 넓혀줄
새로운 한 조각이 되기를.
작은 조각 하나하나가 모여
당신의 이야기가 되기를.

당신의 가슴에 깊이 새겨질
한 조각의 문학, 위픽

위픽 뉴스레터 구독하기
인스타그램 @wefic_book